Mon pire problème

Une histoire écrite par
Danielle Simard
et illustrée par
Sampar

À Marie-Laurence
Danielle

cheval
masque

Catalogage avant publication de Bibliothèque et Archives nationales du Québec et Bibliothèque et Archives Canada

Simard, Danielle, 1952-

    Mon pire problème

    (Cheval masqué. Au trot) Pour enfants de 6 à 10 ans.

    ISBN 978-2-89579-312-0

    I. Sampar. II. Titre. III. Collection: Cheval masqué. Au trot.

PS8587.I287M662 2010   jC843'.54   C2010-940725-3
PS9587.I287M662 2010

Ce texte a été publié la première fois sous le titre *Le cadeau ensorcelé*, aux éditions Dominique et compagnie en 1997.

Nous reconnaissons l'aide financière du gouvernement du Canada par l'entremise du Programme d'aide au développement de l'industrie de l'édition (PADIÉ) pour nos activités d'édition.

Conseil des Arts   **Canada Council**
du Canada   **for the Arts**

Bayard Canada Livres inc. remercie le Conseil des Arts du Canada du soutien accordé à son programme d'édition dans le cadre du Programme des subventions globales aux éditeurs.

Cet ouvrage a été publié avec le soutien de la SODEC.
Gouvernement du Québec – Programme de crédit d'impôt pour l'édition de livres – Gestion SODEC.

Dépôt légal –
Bibliothèque et Archives nationales du Québec, 2010
Bibliothèque et Archives Canada, 2010

Direction : Andrée-Anne Gratton
Graphisme : Janou-Ève LeGuerrier
Révision : Sophie Sainte-Marie

© 2010 **Bayard Canada Livres inc.**
4475, rue Frontenac
Montréal (Québec) H2H 2S2 Canada
Téléphone : 514 844-2111 ou 1 866 844-2111
Télécopieur : 514 278-0072
Courriel : edition@bayardcanada.com
Site Internet : www.bayardlivres.ca

Imprimé au Canada

SURPRISE !

C'est la fête de Léda. Les invités chantent. Leurs yeux brillent autant que les petites flammes des bougies.

Penchée sur son gâteau, Léda aspire tout l'air qu'elle peut. Puis elle le souffle si fort que les huit flammes s'éteignent d'un coup.

On applaudit Léda. On la trouve fantastique! Mais… d'où vient ce vent froid qui court dans la cuisine? Tout le monde se tourne vers la porte.

Ah non! C'est tante Stella qui entre et lance:

— On ne m'invite pas à la fête de ma nièce?

— Bien, je… commence à dire la mère de Léda.

Stella l'interrompt :

— Pas d'excuse ! Je suis là, c'est tout ce qui compte. Hein, Léda ? Viens m'embrasser.

Léda n'a pas envie d'embrasser sa tante. Pour qui se prend-elle, Stella, avec son chapeau pointu et sa robe noire ? Pour une sorcière ? Léda aimerait bien se montrer un peu vilaine avec elle. Et avec Léon, aussi !

À l'école, ce gros méchant se moque de Léda. Tellement qu'elle l'appelle « mon pire problème ».

Mais Léda ne parvient pas à être vilaine. Elle est trop gentille.

La fillette va donc faire la bise à Stella. Pouah! on dirait des joues de serpent. Un serpent-sorcière qui la dévore des yeux. Quel regard! Stella lit-elle dans les pensées de sa nièce? Soudain, la tante ouvre son grand sac et en retire une huître dorée.

— Voici le cadeau qu'il te faut, ma jolie! déclare-t-elle. Ha! ha! hi! hiiiiiii!

« Une huître! » pense Léda qui grimace.

— Oui, oui! lui glisse Stella à l'oreille. Mais une huître très spéciale! Elle peut régler ton pire problème. Ouvre-la, tu verras!

Tandis que sa tante s'éloigne, Léda ouvre le coquillage. Elle y découvre un petit miroir. Oh! dans ce miroir, la Léda qui la regarde lui tire la langue! Pourtant, la vraie Léda garde la bouche bien fermée. « Ce n'est pas moi, ça! » pense-t-elle aussitôt.

Son reflet lui répond :

— Non, je ne suis pas toi. Je suis moi, Adèl !

Le miroir parle ! Léda lève les yeux vers les invités. Personne n'a l'air d'avoir entendu. Elle regarde de nouveau cette Adèl qui continue de lui parler.

— Ne t'en fais pas, Léda, tu es la seule à m'entendre. Et tu as raison d'être fâchée contre Stella. T'offrir un miroir, quelle idée stupide! Cette sorcière a besoin d'une bonne leçon!

À ces mots, Léda se sent toute bizarre. Tonnerre de tonnerre ! Un orage de colère monte en elle. Des éclairs courent dans ses pieds et ses mains. CLAC ! le miroir se ferme entre ses doigts. Comme pour mordre !

Chapitre
2
L'OURAGAN

Où est tante Stella ? Ah ! la voilà qui va s'asseoir, une assiette de gâteau à la main. Léda fonce plus vite qu'une tornade.

Elle passe derrière Stella et elle file avec sa chaise. La sorcière tombe à la renverse. Son assiette fait trois tours dans les airs et… PLOUCH ! le morceau de gâteau vient s'écraser sur sa figure !

Tout le monde crie. Sauf tante Stella. Elle se relève sans dire un mot. Avec ses doigts crochus, elle pousse le gâteau écrabouillé vers sa bouche. Puis elle s'exclame :

— Miam, très bon !

Léda éclate de rire. Sa tante a oublié une cerise au bout de son grand nez.

La maman de Léda est très embarrassée. Elle dit :

— Léda ne l'a sûrement pas fait exprès. Elle est toujours si gentille.

— Non, elle l'a fait exprès ! s'écrie Stella. Et ça me plaît. Ha ! ha ! hi ! hiiiiiii ! Avec moi, on est gentil seulement si on en a envie ! N'est-ce pas, Léda ?

Léda ne sait trop quoi dire. La voilà redevenue douce, douce. L'orage a passé si vite !

Chapitre 3

ATTENTION, LÉON !

Léda n'a plus ouvert son miroir du reste de la fête. Elle avait un peu peur de cette vilaine Adèl. Ce matin, pourtant, elle glisse l'huître dans sa poche.

Parvenue dans la cour d'école, elle l'ouvre. Son reflet lui tire encore la langue.

Léda penche la tête de côté. Un coin de ciel apparaît dans le miroir, derrière la tête d'Adèl. Oh! dans le miroir, les nuages sont tout noirs! Pourtant, les vrais nuages sont blancs. Léda le voit bien quand elle lève les yeux.

Par contre, elle ne voit pas l'affreux Léon qui accourt en lançant:

— Tu es laide, Léda!

— Qui est cet imbécile? demande aussitôt Adèl. Il a dit qu'on était laides!

Léda répond à son reflet:

— Bof! Léon dit n'importe quoi. Il joue au méchant. Oublie ça!

— Jamais! hurle Adèl. Cet idiot a ri de toi. Il a besoin d'une bonne leçon!

Soudain, Léda se sent toute bizarre. Tonnerre de tonnerre ! L'orage de colère monte encore en elle. Des éclairs courent dans ses pieds et ses mains. CLAC ! le miroir se ferme entre ses doigts. Comme pour mordre !

Où est Léon? Ah! le voilà au pied d'un escalier. Tout en haut, il y a une grosse poubelle. Léda fonce plus vite qu'une tornade. Elle bondit en haut de l'escalier. Elle empoigne la poubelle. VLAN! elle la lance à l'envers... sur son « pire problème ».

On ne voit plus que les pieds de Léon. Le pauvre ne comprend même pas ce qui lui arrive. Les bras coincés, il se met à courir en criant.

Tous les élèves se tordent de rire. Une poubelle à pattes zigzague dans la cour d'école! Elle laisse échapper des trognons de pommes, des pelures de bananes, de vieux papiers...

Oups! la poubelle à pattes glisse justement sur une pelure de banane. Un court instant, elle se prend pour un avion. Puis elle s'écrase sur le côté. «Badabang!» fait-elle. «Aïe!» fait Léon. La poubelle roule dans la cour en pente, de plus en plus vite. Tout le monde se sauve.

Tout le monde sauf… madame la directrice ! Elle se plante devant le bolide, les jambes et les bras écartés. Une vraie gardienne de but !

Et hop ! madame la directrice attrape la poubelle filante. Elle remet Léon sur ses pieds et le dégage.

Léon a l'air d'un sapin de Noël. Il est décoré de papiers d'emballage et de bonbons collants. Une corde à sauter lui fait une guirlande, et un ballon crevé lui coiffe la tête.

— Qui a fait ça ? demande madame la directrice.

— Léda ! Léda ! répondent les élèves.

— Est-ce possible ? s'étonne la directrice.

— Impossible ! affirme Léon qui crache deux queues de pommes.

Léda, elle, ne sait trop quoi dire. La voilà redevenue douce, douce. L'orage a filé si vite ! Le sortilège ne joue plus.

Chapitre

4

C'EST LA GUERRE !

Léda passe la récréation dans le bureau de la directrice. Elle est punie pour la première fois de sa vie.

Dès que la directrice sort, Léda ouvre l'huître dorée. Elle veut tout raconter à Adèl. Zut ! son « pire problème » surgit dans la porte du bureau.

— Attentiooooooon! crie Léon. La laideur fend les miroirs!

Et il se sauve dans le couloir en chantant: « Léda la laide! Léda la laide! »

Adèl s'exclame aussitôt:

— Cet idiot rit encore de toi? La leçon n'a rien donné. Allez! montre-lui une fois pour toutes QUI tu es!

Tonnerre de tonnerre! C'est de nouveau l'orage, les éclairs! Le miroir claque, comme pour mordre!

Où est Léon? Ah! le voilà au bout du couloir! Léda

fonce plus vite qu'une tornade. Quel monstre, ce Léon ! Il se promène dans l'école sans permission. Hop ! il s'élance dans la classe d'arts plastiques.

Léda pousse la porte de la classe.

— Haut les mains ! crie Léon.

Le coquin brandit un tube de gouache rouge, ouvert.

Il vise Léda
en rigolant :

— Pas un pas
ou je tire.
Ha ! ha !
tu te sens
moins brave ?

S'il croit qu'elle va se laisser faire! La boîte de tubes est sur la table, juste à côté d'elle. Léda tend le bras et s'empare du vert.

Tant pis pour elle, son « pire problème » l'avait avertie. Sssploch ! le jet rouge part et la frappe en plein front.

Tant pis pour lui, il l'aura voulu. Sssssplich ! le jet vert part vers Léon qui penche la tête. Zut ! c'est la vitre qui le reçoit.

Sssssplach ! Sssssspluch ! les jets volent en tous sens. Quand il n'y a plus ni rouge ni vert, on passe aux autres couleurs. Léon, Léda, les murs, les meubles et le sol ne tardent pas à se couvrir de taches. Partout, on dirait des gribouillages de bébé.

— Tu veux la guerre ? hurle Léon. Eh bien, tu vas l'avoir. Crois-moi !

De toutes ses forces, il presse son tube. Léda s'accroupit juste à temps. Sssssssplouch! l'immense jet brun va s'écraser sur… madame la directrice.

L'orage s'éloigne vite, vite! Léda et Léon deviennent tout mous.

5

QUEL DÉSASTRE !

Léda et Léon ont mangé leur repas dans le bureau de la directrice. Après, ils ne sont pas allés jouer dehors.

À genoux dans la classe d'arts plastiques, ils nettoient les pattes des meubles et le bas des murs. Le concierge s'occupe du reste.

Léda frotte, frotte et se désole. Elle passera toutes les récréations de la semaine dans le bureau de la directrice. Ses parents seront mis au courant. Ils seront très déçus. Ils vont la punir, eux aussi. Comme si les punitions de l'école ne suffisaient pas.

Léda frotte, frotte et réfléchit. Quel mauvais tour, ce cadeau de tante Stella! Elle repense à Adèl qui souffle: « Montre-lui QUI tu es! » Léda a-t-elle montré à Léon QUI elle est? Non. Elle

lui a montré QUI est Adèl. Et
Adèl n'est pas Léda. Elle est
son envers ! Et elle lui cause
des tas d'ennuis…

Léda n'a plus envie de se montrer vilaine. Elle doit donc se débarrasser d'Adèl. C'est certain. Mais ça ne réglera pas son pire problème : maintenant, Léon le terrible est en guerre contre elle ! Pour toujours; c'est certain aussi. Comment sortir de cet affreux pétrin ?

Léda frotte, frotte et réfléchit encore et encore...

Après l'école, Léda court derrière Léon. Dès qu'elle le rattrape, elle lui braque* son miroir devant la figure. Léon rugit comme un lion. Pourtant, dans le miroir, le garçon qui le regarde lui sourit gentiment !

* Oriente vers.

Léon s'arrête net. Il prend le miroir dans ses mains. Léda l'entend murmurer quelques mots. Elle se doute bien que Léon est en grande conversation avec Noèl, son envers.

Soudain, Léon se sent tout bizarre.
Ciel de ciel! Un nuage de paix fond
sur lui. Une douce
vapeur engourdit
ses pieds et ses
mains. Clic! le miroir
se referme entre
ses doigts.
Comme pour
donner un baiser.
Léon sourit.
Vite! Léda doit agir
avant que le charme
soit rompu.

clic!

— Je veux qu'on fasse la paix, Léon! s'écrie-t-elle. Tu peux même garder mon miroir.

— Moi aussi, je veux faire la paix, répond doucement Léon. Tu n'as rien à me donner pour ça.

Léon tend l'huître dorée à Léda.

Elle la repousse et... OUPS! le cadeau tombe!

« Ha! ha! hi! hiiiiiii! » fait l'huître qui se fracasse sur le sol. Le rire de tante Stella! Léda l'a bien reconnu! Le miroir ensorcelé a volé en éclats. Que va-t-il arriver? Léda regarde son ennemi avec des yeux inquiets.

Léon lui sourit toujours. La douceur ne l'a pas quitté. Le charme n'est pas rompu. Il dit:

— Ça te va bien, un ruban dans les cheveux. Puis cette petite tache de gouache bleue, sur ton menton, là... Je te trouve vraiment jolie...

Léda lui sourit à son tour.

Les deux enfants oublient les éclats brillants, par terre. Ils reprennent la route ensemble. Ils s'amusent beaucoup, bavardant encore et encore. Et quand ils se donnent rendez-vous pour le lendemain, Léda comprend enfin! Son « pire problème » est devenu son ami.

Tante Stella lui a donné le plus beau des cadeaux!

FIN

Voici les livres AU TROT de la collection :

☐ **Aïe ! Une abeille !**
d'Alain M. Bergeron et Paul Roux

☐ **Gros ogres et petits poux**
de Nadine Poirier et Philippe Germain

☐ **La plus belle robe du royaume**
d'Andrée Poulin et Gabrielle Grimard

☐ **Le cadeau oublié**
☐ **Le choix du père Noël**
☐ **L'ordi du père Noël**
d'Angèle Delaunois et Claude Thivierge

☐ **Le secret des diamants**
de Katia Canciani et Geneviève Côté

☐ **Lustucru au pays des vampires**
☐ **Lustucru et le grand loup bleu**
de Ben et Sampar

☐ **Mimi Poutine et le dragon des mers**
☐ **Mimi Poutine et les crayons disparus**
de Geneviève Lemieux et Jean Morin

☑ **Mon pire problème**
de Danielle Simard et Sampar

☐ **Parti vert chez les grenouilles**
de Marie-Nicole Marchand et Josée Masse

☐ **Pépito, le roi des menteurs**
de Caroline Merola

☐ **Po-Paul et la pizza toute garnie**
☐ **Po-Paul et le nid-de-poule**
de Carole Jean Tremblay et Frédéric Normandin

Lesquels as-tu lus ? ☑